KB202082

힘세니즘

· 인생은 어린이처럼 ·

힘 세 니 즘

• 인생은 어린이처럼 •

우리는 모두
반짝이는
어린이였고,
사실은
그때
다 배웠다.

서밤란 글·그림

김영사

여는 이야기

어느 날 엄마가 되었고,
어린이를 바로 옆에서 관찰할 기회를 얻었다.
그리고 내게 아무도 알려 주지 않았던 진실을 발견했다.

첫 번째는 어린이의 마음이라고 해서
어른의 마음보다 작고 단조로운 형태가 아니고,
두 번째는 그렇기에 어린이라는 존재를
단순히 어른이 되어 가는 과정 중에 있는
'미숙과 미완의 상태'로만 인식하는 것은 부당하다는 것이다.
아니, 때로는 오히려 어린이 안에 깃든
강인한 생명력이야말로
어른보다 우월하지 않을까 생각하게 되었다.

어쩌면 우리 모두의 마음은

이미 어린이 시절에 완성된 것인지도 모른다.

그리고 시간이 지나면서

어떤 부분은 지나치게 굳어 버리고

또 어떤 부분은 낡고 약해지는 것뿐인지도.

그런 생각이 스친 순간순간을 이 책에 담았다.

우리의 저 깊은 곳에서

아직 완전히 마모되지 않고

여전히 용맹하게 싸울 준비를 하고 있는,

그 '어린이였을 때의 마음'을

독자 모두가 꺼내 볼 수 있기를 바라면서.

힘세니

세상의 모든 것들을 탐구하고
표현하고 싶어 하는 아이.
현재 어엿한 4학년이다.

힘세니 엄마

힘세니를 신기해하며
관찰하고 기록하는 것이 취미.

힘세니 아빠

힘세니와
힘세니 엄마가
사랑 속에서
살 수 있는 이유.

차례

제4부

매일의 얼굴은 사랑

제5부

있는 그대로의 우리들

잊고 있던 마음을 꺼내 볼 시간

제1부

우리는 모두 어린이였다

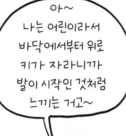

아~
나는 어린이라서
바닥에서부터 위로
키가 자라니까
발이 시작인 것처럼
느끼는 거고~

엄마는
그림을 그리는 사람이라서
위에서부터 그리니까
발이 끝이라고
생각하는 건가 봐!

마음을 열 때
어린이와의 대화가 시작된다.

추억을 만들자

인공 지능

좁은 곳

비밀 투표

'이 아이는 조용한 친구를 좋아하는구나, 서로 자주 노는데도 별로 안 좋다고 표시했네. 싸운 건가?' 하고 작성한 아이의 마음을 보려고 하시는 거지.

'얘는 빨간색을 많이 받았네, 왜지?' 하는 선생님은 안 계실걸? 친구들에게 인기가 많고 적은 게 뭘 잘해서나 못해서도 아닌데~

가끔 어린이들이
얼마나 주체적이고
건설적인 생각을 하는지 알면
다들 놀랄 것이다.

짝꿍

아빠가 사장이 되면

가난한 사람들

학원에 가는 이유

어른들이
하기 싫은 노동을 하는 것처럼,
어린이들도
하기 싫은 학습의 시간을 갖는다.

그리고
'작은 성취들은 노력한 만큼
반드시 주어진다는 것'을 믿으며
그 지루하고 막막한 학습의 나이를
알차게 건너간다.

'소소하지만 확실한 행복'이
삶을 지키는 데 필요한 치트키라면,
'소소하지만 확실한 성취감'은
정공법이며 주 연료다.

우리는 어린이 시절에
그 연료를 얻는 법을 이미 알아냈다.

시간 여행

속담 놀이

'속담 뜻 맞히기' 할래?
내가 속담을 읽어 주면
무슨 뜻인지 맞혀 봐!

오,
재밌겠다!

첫 번째!
"수박 겉 핥기!"
수박의 진짜 맛있는 부분은
안이라는 게 힌트야.

아, 그 속담은~
껍질을 계속 핥아서
조금씩 닳게 해 가지고
안까지 먹으려는 끈질긴 성격을
말하는 걸까?

두 번째,
"옷 안에 옷 입기!"

옷 위에
옷을 입는 건 쉽지만,
옷 안에다가 옷을 입는 건
어려우니까,

안에 입고 싶으면
먼저 입어 놨어야 한다는
그런 뜻이지!

아, 이 속담은
순서가 중요할 때
쓰면 되겠다!

45

우리는 어린이였다

갓 만들어진 어린이의 마음은
풍파에 식은 적 없어서 따끈따끈하고,
상식과 규칙을 모르는 어린이의 생각은
아직 다듬어지지 않아서 기발하다.

어린이는 개성 있고 용감하며
고정되지 않고 힘차게 뻗는다.
어린이는 세상을 살아갈 수 있는
모든 힘을 갖고 있다.

그리고 우리 모두는 다, 한때 어린이였다.

오래도록 잊고 있었을지 모르지만,
우리 안에는 분명히,
너무나 옹골차게 빛나는 어린이의 마음이
숨쉬고 있다.

해바라기

힘세니 그림, 〈**해바라기**〉, 크레파스와 물감, 2021

가장 중요한 것들은 모두 배웠으니까

제2부

반짝임을 찾아서

기억을 그리다

때로 어린이의 말 속에서
지혜를 찾을 수 있다는 건
참 신기한 일이다.

어린이에게는
지식을 가질 시간도 충분하지 않았고,
그것을 드러낼 기술을 얻을 기회도
거의 없었는데 말이다.

어쩌면 그들은 그저
아주 단순한 이야기를
꾸밈없이 직관적으로 할 뿐이지만
바로 그런 점이야말로
지혜가 머무를 수 있는
이유가 된 것이 아닐까?

종이와 나비

우리 비록 빛바랬더라도

물고기 파랑이

이성과 본능

우리가 그저 본능대로 사는 거라면, 좋은 선택을 하려면 어떻게 해야 되나?

글쎄, 평소에 본능을 단련해 놔야겠지? 나는 주로 엄마 생각으로 단련해.

항상 엄마를 사랑하는 마음을 가지고 있으면, 본능적으로 엄마가 걱정할 일이나 말을 안 하게 될 테니까~

그거 참 뭉클하다!

우리가 어린이 시절에
나름대로 제법 치열하게 만들어 갔던
도덕과 상식은
지금 어느 곳에서
어떤 말을 하고 있을까?

상처를 대하는 방법

불사조

집요하게 따지고
치열하게 고민하며
깊게 파고들다 보면,

결국에는
후하고 너그러운 마음을
만날 때가 있다.

우리의 공간

76

삼육구 게임

중간이 제일 좋아

방학 끝나고 오랜만에 학교 가니 힘들었지?

아침에는 가기 싫었는데 막상 갔더니 재밌고, 집 올 때 되니까 더 있고 싶더라!

그래서 내가 시 한 편을 지어 봤어. 들어 봐.

?

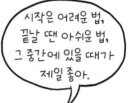

시작은 어려운 법,
끝날 땐 아쉬운 법,
그 중간에 있을 때가
제일 좋아.

하하!

하지만 뭐든지
중간만 할 수는 없어.
그것이 인생이라네!

축구공

축구공은 차여야
골로 연결되거든!

엄마도 이리 차이고
저리 차이면서
길을 만들어 봐!

붕어빵

왜 부모와 자식이 닮으면 '붕어빵'이라고 해?

붕어빵은 같은 틀에 구워서 다 같은 모양이니까, 똑같이 생겼을 때 그런 말을 하는 거지.

공장에서 만든 음료수, 신발, 샴푸도 다 똑같이 생겼는데 왜 붕어빵을 골랐지?

어? 그러네!

덜 채워진 붕어빵,
팥이 많이 들어간 붕어빵,
팥이 아닌 다른 재료가 들어간 붕어빵,
너무 탄 붕어빵,
찢어진 붕어빵…….

모두가 각각
멋진 붕어빵들이다.

후숙

두 명의 나

행복이란

이 친구 저 친구랑
놀기도 하고, 같이 게임도 하고,
만들기도 하고, 막 그러면서
지내다 보면

어느 새 나랑
제일 잘 통하는 친구가
한두 명 생기면서
단짝 친구들이
되는 거잖아?

그러니까 행복도
한 번에 생기는 것이 아니라,
기분 좋은 일들을 이것도 하고
저것도 하다 보면

단짝 친구가
되어 가듯 자기도 모르게
내가 그 안에 들어가
있는 거 아닐까?

그럴 수도
있겠다!

힘세니 시화, 〈**개미들의 상담**〉, 색연필과 펜, 2024

우리가 얼마나 용감했는지
기억한다면

종이접기

책에서 뜬금없이
한 부분을 접으라고 해.
어떤 때에는 굳이 접었다가
다시 펴라고도 하고.

그럼
'이걸 왜 접지?'
하는 생각이 들거든.

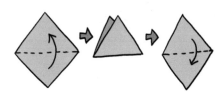

근데 하다 보면
아기가 접었다가 펴 놓은
그 자국에 끝을 맞춰서
다른 부분을 접는 순서가 나와.
아기가 만든 게
안내선이었던 거지.

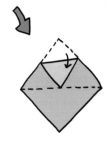

접은 부분이
다 무엇이 되진 않아.
거기서 한 면만, 모서리만,
심지어 접었던 자국만 뭔가가 돼.
하지만 분명히 되긴 돼!

어린이 시절에는
매일이 출발이다.

종이를 처음부터 접어 보고,
도화지에 선 하나를 긋기 시작하고,
블록을 아래에서부터 쌓고,
알파벳을 순서대로 배운다.

그때보다 훨씬 큰 어른이 된 지금
왜 우리는
출발을 주저하는 것일까?

닭과 달걀 논쟁

103

스마트폰

매미를 잡으며

107

호기심을 갖고
손을 뻗으러 하다가도
이내 두려움으로 멈칫하고는
결국 그만두기를
선택할 때가 있다.

그렇지만
'할 수 있을 것 같다'라는 마음이
한 방울만 들어가도,
우리는
폭포처럼 시원하게
해낼 수 있을지도 모른다.

다른 면

그러고는 또 한동안
팔을 돌리면서 어떻게 숨을 쉬는지
감을 못 잡다가

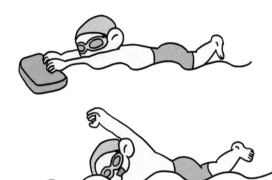

또 어느 날 갑자기
한순간에 그 기술을 이해하고 있는
내가 되었어.

그러니까 엄마도
모르고 있던 엄마의 다른 면이
엄마를 해내게 할 거야!

유튜버

유튜브 채널은
"다음에 뭐 찍어 볼까?"
하면서 막 아이디어 내고
계획을 짜는 것부터
찍더라.

그때부터 기발하고
재미있는 장면이
나올 수도 있으니까.

맞아.
기발하긴 한데
그걸 실현하려고
구한 재료들은
또 아주 웃겼어.

하하,
아무래도 예산이
넉넉하지 않을 때가
많을 테니.

내가 가는 길

우리에게는
우리의 시간을
쉽게 단정 짓지 않을
권리가 있다.

왜 굳이

와, 이 소설 재밌다.

이런 소설은 나처럼 매일 똑같은 일상만 보내면 안 되고 다양한 경험을 많이 해야 쓸 수 있는 거겠지?

엄마도 기억 속을 뒤지면 충분히 소재가 나올걸.

기억 속을 뒤져?

응, 엄마는 뭐 해 먹어야 할지 모르겠으면 냉동실 찾아보잖아.

초심

초심을 잃지 말아야 해.

근데 내가 아는 유튜버들은 초심을 다 잃었다고 말하면서도 계속 채널은 잘나가던데.

어, 그래?

응, 오히려 처음에 올린 콘텐츠들 보면 지금보다 이상한 경우가 더 많아.

삶의 낙

인사이드 아웃

불쑥불쑥 올라와서
쉽게 거대해지는
부정적인 감정들을 이겨 내려고
우리는 얼마나 힘겹게 싸우고 있는지.

그저 이렇게
평범하게 지내는 것만으로도
우리는 얼마나 강인한 것인지.

딱지

그래도 다 나을 때까지 약 한 번 더 바르고 밴드 새로 붙이자.

응!

모두들 나를 위해 사라지고, 생기고, 발라지고, 붙여지네.

그럼, 그럼.

우리의 내일은

밑 빠진 독

우리가 노력한 시간들은

할 일을 하고 있다.

소라게

힘세니 작품, 〈**소라게**〉, 소라, 나무 조각, 점토, 물감, 2022

언제나 사랑을 외칠 수 있기를

걱정하는 마음

사랑은 쉽지 않다.

불안, 염려, 자괴감, 욕심이

도돌이표처럼 돌아가며 마음을 지치게 한다.

그럼에도 심혈을 기울여서 사랑을 만들면

그 사랑은 좀처럼 끊어지지 않고,

뭉쳐지고, 다져지고,

놀랍도록 거대한 순환을 만들어서

다른 모든 것들을 버틸 수 있게 해 준다는 것을

어린이는 직감으로,

완전하게 믿는다.

마음을 다치기 전까지는 말이다.

사랑은 고군분투

천재 과학자, 성공한 사업가, 탁월한 창작자들의 에세이를 읽어 보니까 공통점이 있어.

허무맹랑한 아이디어라도 머리에 떠오르면 일단 착수한다는 거야.

그리고 많은 시간 동안 그 엉망진창 속에서 고군분투할 때 역작이 나와.

음, 마치 내가 앞뒤 가리지 않고 결혼했다가 고군분투하고 있는 것과 비슷한 건가.

예니

오늘 학교에서 내가 제일 좋아하는 친구 세 명을 적는 시간이 있었어.

오, 넌 누구누구 적었어?

일단 예니를 적었지. 예니를 제일 좋아하니까.

크크, 그럼 나머지 두 명은 누구 적었어?

친구가 되는 방법

우리 반에는 펭귄을 닮아서 별명이 펭귄인 친구가 있는데,

그 친구는 자기 별명을 싫어하는 것 같았어.

그래서 내가 공룡 성대모사를 하면서 나는 공룡으로 불러 달라고 했지.

사랑한다는 말

표현하지 않는 사랑을

사랑이라

이름 붙일 수 있을까?

가족은 짐이다

'서로에게 짐이 되는 가족'이라는 말을 들었어.

아, 그건 어떤 뜻이냐면…

근데 그건 맞는 말 같아. 우리에게 서로는 짐이야.

그런 생각이 든 적이 있었어?

사랑 먹기

사랑의 확신

내가 요새 숙제도 자꾸 미루고 말대답도 많이 해서 싫어?

그럴 땐 싫지만 계속 너를 사랑은 하고 있지.

싫을 때도 나를 사랑한다는 걸 엄마는 어떻게 확신해?

음….

엄마의 기쁨

166

'당신이 기뻐해서
나도 기쁩니다.'

이 말처럼
우리를 우리이게 하는 말이
또 있을까?

이야기

웃음을 주는 마음

대비하는 사이

미안하다는 말

아빠의 안건

비 오는 날

그러면 구름이
비를 만들지 못하게
할 수 있을 텐데.

아니면 비 대신에
다른 포근한 물질을
내리게 하거나.

아! 아예
구름을 우주 밖으로
후~ 불어 버려도 되고.

사랑은
날씨를 통제할 수는 없지만
뽀송한 마음을
내리게 할 수는 있다.

시간의 보관

오늘 학교에서 '냉동 보관 했다가 미래가 오면 열어 보고 싶은 추억'을 하나씩 적는 시간이 있었어.

오, 재미있는 활동! 너는 뭘 적었어?

그게 너무 고민되는 거야.

아빠, 엄마랑 좋았던 시간들이 많았는데, 다 언제라도 할 수 있는 일이라는 생각이 드니까 냉동까지 할 필요는 없을 것 같아서 말이야.

아… 맞네. 우린 언제나 함께니까.

집 짓는 세니

입이 삐죽

사랑하는 데에는
섬세하고 적극적인 노력이 필요하다.

위트 있고 배려심 넘치는 행동을 잊지 말아야 하고,
문장들마다 위로와 응원의 뉘앙스를 넣어야 하며,
눈빛과 표정에는 진심 어린 애정을 담아야 한다.

냄새 지독한 음식물 쓰레기를 버리러 가면서도
'우리 모두가 맛있게 먹고 남은 것들이니
얼마나 좋은가!' 하고
획기적으로 생각하려고 시도해 봐야 한다.

마치 내가 어린이인 듯,
그리고 사랑하는 사람이 어린이인 듯,
그래서 서로의 해맑고 부드러운 마음을 지켜주듯.

그렇게 해야 비로소
사랑이 굴러간다.

가지고 싶은 것

오늘 그림 주제는 '택배 상자'야.

택배 상자를 받는 모습을 상상해 보고, '나에게 가장 필요한 것'이 상자 안에 들어 있는 모습을 표현해 봐.

아동미술

라고 하셨는데 뭘 그려야 할지 고민되는 거야.

가장 필요한 것을 고르느라고?

힘세니 그림, 〈**선물**〉, 색연필과 물감, 2023

다시 어린이처럼

못하는 건 없다

예를 들어서 미술 시간에 "저 색연필 잡는 법도 몰라요~" 하면서 아무것도 안 그리면 조금 걱정될 수도 있는데

일단 색연필을 잡고 미술 시간이 끝날 때까지 작은 거 하나라도 그릴 정도면 걱정할 게 없는 거야.

아, 할 마음이 있으면 되는 거구나.

심지어 색연필을 못 잡아도 손이나 발에 물감 묻혀서 그리기라도 한다면!

그렇지.

마음은 가능성을 가지고 있거든.

'잘한다'와 '못한다'는 말은
얼마나 모호한가.

어떤 시기에, 어떤 범위에서,
어떤 시각에서, 어떤 사람이 보느냐에 따라
달라지는 이 말은 종종,
겉만 번지르르한 허상의 목표가 되고
남을 재단하는 편협의 언어가 되고
별 의미 없는 말버릇이 되어 떠돈다.

이 말이 폭력의 얼굴로 돌아다니지 않고,
오직 우리 각자의 가슴에만 담긴 채
'무엇'을 '어떤 의미'에서 잘하고 싶은 것인지
끊임없이 묻는 데에만 쓰이기를.

성공한 삶

오히려 좋아

어려운 길로 돌아가고 있고
부족한 자원으로 허덕이고 있다면,

이때야말로
제대로 여물 수 있는
기회일지도 모른다.

어중간하다는 것

재미 찾기

선물 받은 과자 먹어 볼래?

과자 속에 쪽지가 들어 있는 '포춘 쿠키'라는 거야.

오, 재밌겠다!

"일상에서 소소한 재미를 찾으세요."라고 쓰여 있는 쪽지가 나왔어!

하하, 좋은 말이네.

어린이가 모험심이 강한 이유는
모든 것을 쉽게 생각해서가 아니라,
어차피 무엇이든 쉽지 않을 것을
각오하기 때문이다.

하지만 그 끝에는 항상
'할 수 있음'을 두는 것이
어린이의 심장이다.

깨달음

배움

그러면서 물에 빠지는 게 무섭지 않게 되고 수영 배우기가 쉬워졌어.

오, 그랬구나.

물에 빠지는 법과 친해졌더니 오히려 물에 잘 뜰 수 있는 게 신기해.

배운다는 건 참 깊은 일이네.

그런데 그림이나 글이
기술만으로 되는 게 아니거든.
내용이 있어야 해.
그러니까, 소재가.

그 소재가
나였네?

그렇지. 처음은
너와 함께한
시간이었어.

그러고 나서는,

엄마의 모든 시간이 소재가 됐어.

앞만 보고 달리던 청소년기,

직장에서 새로운 사회생활과 업무를 해 나가야 했던 초보 어른 시기,

그리고 인생의 전환점이 된 결혼 생활과 육아 시절,

알쏭달쏭하고 어려워서 진심으로 고민했던 과정들이 모두 이야기의 뿌리가 되었어.

기어다니던 내 아기에게
걸음마를 가르쳐 준 나는
지금 내 어린이로부터 걷는 법을 다시 배운다.

때로는 방어적인 태도, 때로는 무기력함,
때로는 자만심, 때로는 관성 때문에
제대로 걷지 못하고 있는 것 같다는
수많은 불안과 혼란들 속에서
어린이는 태연하게
우리가 까마득히 잊고 있던
걷기의 기본 원칙을 증명한다.

작은 한 걸음이라도 계속 걸으면
내가 좋아하는 곳들에 조금씩
다가갈 수 있으리라는 믿음을
가져야 한다는 것 말이다.

힘세니 그림, 〈**상상**〉, 연필, 펜, 물감, 2024

어린이처럼 사랑하기 위한 다섯 가지 아이디어

• 첫 번째 •

다양한 스킨십을 연구하고 고안하여 시시때때로 한다.

하트를 그리며 뽀뽀를 하는
'하트 뽀뽀'.
뽀뽀를 하는 동안
사랑한다는 말을
동시에 할 수 없어서
힘세니가 고안했다.

'마음 건배'.
어른들이 건배하는
모습을 본따서
힘세니가 만든
특별한 포옹 방법.

• 두 번째 •

특별한 날에는 대충 넘어가지 않고 꼭 행사를 한다.

핼러윈 데이에
집 안을
음산하게 꾸미고
퇴근한 아빠를
놀라게 할 장치들을
만든 힘세니.

지옥의 보드게임 캠프

어린이날 힘세니는
직접 교관이 되어
'지옥의 1박 2일
보드게임 캠프'를 진행했다.

• 세 번째 •

가족의 생일이나 기념일에는 편지를 쓴다.

글씨를 힘세니보다 못 쓰는 힘세니 아빠도 편지를 쓴다.
힘세니 엄마는 때때로 힘세니의 알림장에
포스트잇 편지를 붙여 놓는다.

아빠, 엄마의 10주년 결혼기념일에 아빠와 함께
노래를 불러 깜짝 영상 편지를 남긴 힘세니.
글을 못 쓰면 노래, 영상도 좋다.
나 자신에게 써도 좋다.

• 네 번째 •

산책 갈 때에는 테마를 정해서 가면 재밌다.

안 가 본
길로 가기.

수첩 들고 다니며
재미있는 장면
스케치하기.

누가 더 많은 곤충을 발견하는지
내기하면서 가기.

물총 들고 나가서 식물에게
물 주면서 다니기.

식사 시간에는 절대로 휴대폰을 보지 않고
함께 먹는 사람의 얼굴을 본다.

서로의 안부,
서로의 실수,
서로의 감정,
서로가 알게 된 것,
서로가 찾은 기쁨,
서로가 걷고 있는 길을
함께 이야기 나누며 먹는다.

힘세니툰
인생은 어린이처럼

1판 1쇄 인쇄 | 2025. 5. 21.
1판 1쇄 발행 | 2025. 5. 30.

서필린 글·그림

발행처 김영사 | **발행인** 박강휘
편집 박양인 | **디자인** 홍윤정 | **마케팅** 곽희은, 김나현 | **홍보** 조은우, 육소연
등록번호 제 406-2003-036호 | **등록일자** 1979. 5. 17.
주소 경기도 파주시 문발로 197(우10881)
전화 마케팅부 031-955-3100 | 편집부 031-955-3113~20 | 팩스 031-955-3111

값은 표지에 있습니다.
ISBN 979-11-7332-208-2 03810

좋은 독자가 좋은 책을 만듭니다. 김영사는 독자 여러분의 의견에 항상 귀 기울이고 있습니다.
전자우편 book@gimmyoung.com | 홈페이지 www.gimmyoung.com